毛遂自荐

周功鑫　主编

目录

"毛遂自荐"出自《史记》的《平原君虞卿列传》。

战国时期，赵国有一位名叫赵胜的贵族，他最早的封地在平原，因而被称为平原君。平原君喜欢跟有才华的人交往，因此府中收留了很多有才华的门客。

大约从公元前 259 年到公元前 257 年，秦国派大军围攻赵国都城邯郸。国家危在旦夕，平原君感到十分焦虑，于是准备在门客当中挑选二十个有才干的人，陪同他前往楚国，请求楚国派兵救援赵国。

然而，平原君挑选了十九个门客之后，却迟迟选不出最后一人。这时，一个名叫毛遂的门客自告奋勇，成为第二十位。毛遂的自信和能力，果然在出使楚国时显露出来。平原君与楚考烈王交涉时一度陷入胶着，毛遂运用辩才，成功说服楚考烈王与赵国订立合纵盟约。

回国后，毛遂被平原君奉为上宾。这个故事后来演变为成语"毛遂自荐"，比喻一个人自告奋勇，向他人推荐自己。

◎ 平原：今山东省平原县西南。

战国时期，诸侯国为了各自的利益，经常相互交战。位于偏西方的秦国，积极向东方发动侵略，对其余六国造成很大的威胁。当时，六国为求自保，会采用"连横"与"合纵"的策略。简单来说，"连横"就是与强大的秦国联盟，一同攻打其他弱小的国家；而"合纵"就是联合多个小国的力量，共同对抗强大的秦国。

秦国野心勃勃，很想吞并其他国家。约公元前 260 年，秦国在长平与赵国交战，大败赵军，并坑杀四十多万赵国士兵，目的是向不服从秦国的国家显示威力，行为十分残忍。六国对秦国的残暴更是感到心寒。

◎ 长平：今山西省高平市西北。

在长平战役中，虽然秦国本身也损失惨重，但秦昭襄王并没有放弃乘胜追击的时机。不到半年，秦国便派兵包围赵国都城邯郸，再次向赵国发动进攻。

赵国在长平战役中损兵折将，虽然经过半年的休养生息，但是元气并未完全恢复。面对强大的秦军压境，赵军备受压力。眼见战事紧急，赵国处于生死存亡之际，赵孝成王召见平原君："我派你到楚国去，希望你能说服楚王与我国结为盟友，出兵援助，与我军共同击退秦军。"

◎ 邯郸：今河北省邯郸市。

◎ 平原君：生年不详，卒于公元前 252 年。

◎ 赵孝成王：生年不详，卒于公元前245年。

出身赵国王族公子的平原君身为宰相，肩负着辅佐赵王建设国家的重任。他门下招揽了不少有才之士，这些贤士经常出谋献策，对他治理国家提供不少帮助。

当时，除了平原君之外，齐国的孟尝君（生年不详，卒于公元前279年）、魏国的信陵君（生年不详，卒于公元前243年）和楚国的春申君（生年不详，卒于公元前238年）都礼贤下士，形成一股"养士之风"。

平原君来到门客的住处，对他们说："邯郸现在被秦军包围，单凭我国的军力，恐怕无法与秦国对抗。因此，我们必须去和楚国谈结盟的事。"大家听了，都点头表示认同。

平原君继续说："此事关系到赵国的存亡，如果我们能成功说服楚王与我国结盟，那当然是最理想的，但是……"他停顿了一下，坚定地说："倘若和谈不成功，我们就得以武力迫使楚王答应。"这时，大家都感觉到事态严重，神情也凝重起来。

平原君果断地说："各位都是当今世上的贤能之士，我希望从你们当中选出二十人，与我一同前往楚国。"

◎ 毛遂：约生于公元前 285 年，卒于公元前 228 年。

平原君开始叫出一个一个名字……在叫出第十九个名字之后，他忽然停住了，眼睛不停向众人打量，却迟迟无法选出最后一人。这时，一个年轻人昂首阔步走上前去，对平原君说："在下是毛遂，公子已经挑选了十九人，还少一人，就请您让我一同前去吧。"

平原君看看毛遂，发现自己对他毫无印象，便问："先生，您在我这里几年了？"毛遂回答："已经有三年了。"平原君摇摇头，说："一个有才能的人在一处活动，就像把锥子放进布袋里一样，它的尖芒一定会立即刺穿布袋显露出来。先生在我这里已经三年，但我从来没有听左右的人提起过您，恐怕先生不适合这项任务。"

毛遂回答说："公子说得很有道理，贤士处世，应当要展现出自己的才德，然而也要有表现的机会。公子向以仁义贤德闻名于世，您有宽阔的府邸、华美的瓦顶楼房作为礼贤下士的场所。但是，如果没有了赵国公子这个名分，您如何能显现您的贤达呢？公子不曾听说过我，是因为之前未有机会让我一展长才罢了。现在是时候了，所以我才主动请求您把我放进布袋里。如果早有机会，我早就把整个锥子都显露出来了，怎会只是露出尖锋呢？"

平原君虽然还是有点疑虑，但是他怎样也挑选不出第二十位合适的人才，只好带上毛遂，凑合成二十人的队伍，一同出发。那十九个人表面上没说什么，却相互用眼神示意，暗中取笑毛遂。

其实，毛遂对如何说服楚考烈王早有想法。平原君一行人来到楚国后，毛遂便把想法告诉其他十九人，向他们请教自己的想法是否可行。他的策略深获众人的认同，他们对毛遂谦虚的作风更是欣赏。当楚考烈王接见平原君时，毛遂等人便在堂外等候。

楚考烈王对平原君说："合纵的策略，昔日就是由先祖楚怀王开始的。先祖当年作为合纵的盟主，率领楚、魏、赵、韩、燕五国攻打秦国，却以失败告终。后来齐湣王（生年不详，卒于公元前284年）联合楚、魏、赵、韩进攻秦国，取得胜利。为了与五国和解，秦国归还了部分赵

◎ 楚考烈王：生年不详，卒于公元前238年。

◎ 楚怀王：生年不详，卒于公元前296年。

国和魏国的土地。但是，之后各国只顾自身利益，没有再顾及其他国家的安危。如今六国犹如一盘散沙，秦国的势力如此强大，诸国能够自保就已经不错了，哪里还有办法谈合纵呢！"

24

虽然平原君极力陈述合纵的必要，但楚考烈王一直犹豫未决。眼看两人从日出谈到中午，还没有结果，同行的十九人向毛遂说："看来楚考烈王很难被说服，先生，您就按您的想法去帮助公子吧！"

堂上，楚考烈王和平原君话不投机，气氛正有点僵持不下。此时，但见毛遂左手提剑，右手握住剑把，快步走上台阶，对平原君说："合纵是利是害，两句话就可以决定，怎么从日出谈到现在，太阳都升到天正中了，还没办法谈妥吗？"

楚考烈王见毛遂竟然未经自己允许就走上堂前，而且上台阶的走法非常不礼貌，顿时面露不悦之色。按照礼节，他每上一级台阶，要先并一下脚，才可登上下一级台阶。

楚考烈王问平原君："这位客人是谁？"平原君回答："他是我的家臣。"楚考烈王向毛遂叱喝道："我现在和你家主人谈话，你来干什么？还不赶快退下？"

毛遂不但没有退下，反而紧握剑把，逼近楚考烈王和平原君。他目光如炬，直视楚考烈王说："大王之所以敢大声叱喝我，是因为这里是楚国，您倚仗楚国人多势众。可是，现在我与大王之间相距不过十步，您的生命已经操控在我的手里。即使楚国人多，又有什么用呢？"楚考烈王顿时停止说话，用惶恐的眼神看着毛遂。

◎ 周文王：即姬昌，生卒年不详，活跃于商纣王期间。周文王的儿子姬发讨伐纣王成功，建立周朝，成为周武王，追封父亲姬昌为周文王。

眼看楚考烈王被自己的气势所震慑，毛遂往后退了两步，接着说："我听说商汤（商朝的创建者，生卒年不详）凭着七十里地，就统治了天下；周文王只有一百里地，也能让诸侯臣服。他们都没有庞大的军队，为什么可以成功呢？那是因为他们能够掌握当时的局势所发挥的威力啊！如今楚国土地纵横五千里、拥兵上百万，具备了称霸称王的条件。楚国的强大，可说是天下无敌啊！"

◎ 秦昭襄王：生于公元前 325 年，卒于公元前 251 年。

"不知道大王是否还记得，您的祖父楚怀王即位的时候，楚国的国力比现在强大多了，可是他中了秦昭襄王的诡计，和齐国断交，之后秦国便派兵攻打楚国，楚国在没有支援的情况下三战三败。最后，秦昭襄王还把楚怀王骗到'武关会盟'上，令他客死异乡。"

毛遂停了一下，又说："到您父亲楚顷襄王（生年不详，卒于公元前263年）在位时，秦国再度攻打楚国，白起（生年不详，卒于公元前257年）只不过率领几万士兵，就引水攻破了鄢城，又攻陷当时的国都郢。可恨的秦军竟然焚毁楚国先王的陵墓。这些都是楚国的奇耻大辱啊！大王，难道您不这样认为吗？您怎能为了偏安一隅，对秦国侵略赵国的事袖手旁观呢？"

◎ 鄢城：今湖北省宜城市东南。
◎ 郢：今湖北省江陵县西北。楚国之前的国都为郢，被白起攻陷，后来迁都到陈，即今河南省淮阳县。

楚考烈王陷入了沉思。毛遂见状，紧接着说："合纵一事，表面看来是为了赵国，其实更是为了楚国。秦国的真正目的，是要并吞天下，倘若秦国灭了赵国，势力肯定会更加壮大，它要继续吞并其他国家，便易如反掌了，那时候楚国也无法幸免啊！"

毛遂看了平原君一眼，说："现在秦国虽然围攻邯郸，但是赵国上下一心，奋力抵抗。如果楚、赵结盟，再联合魏、韩两国，一定可以击退秦军。到时候联军乘势西进，大王便可报复秦国，重振楚国的声威。今日主人带着我们来谈合纵的事，表面上是为了救援赵国，其实也是在帮助楚国，替楚国报仇雪恨。大王您实在没有叱喝我的理由，对于合纵一事也没什么好犹豫的啊。"

楚考烈王虽然对毛遂的无礼感到生气，但是他认同毛遂的话："先生的话十分有道理，合纵的确对楚国有利。"他态度转变得太快，一时间，毛遂也不敢相信："您的意思是说，合纵的事就这么决定了？"楚考烈王坚决地说："是的，就这么决定。"

毛遂让在旁的侍从取来牲血，准备歃血为盟。他恭敬地捧着载有牲畜的血的铜盘，跪送到楚考烈王面前，说："请大王歃血，随后是我的主人，再来是我。"三人先后用手指蘸了牲血，涂在自己嘴边，表示信守不悔。接着，毛遂捧着铜盘，招呼在外面等候的十九人，说："盟约已经确立，请各位相继在堂下歃血吧。"

与楚国订立盟约后，平原君一行人回到了赵国。回想此行全赖毛遂的勇敢与辩才，才能完成使命，平原君对门客们说："多年来，我观察人才，多则一千人，少则几百人。我总以为自己不会漏掉任何一个人才，没想到这次差点把毛遂先生漏掉了。这次楚国之行，毛遂先生的行动，使我国的声威大震。先生的三寸之舌，真是胜过百万大军啊！"自此，平原君便把毛遂奉为上宾。

毛遂在平原君的府邸待了三年，一直没有受到重视。但是，在国家有危难的时候，他勇于自我举荐，为国家出力。

为了国家的安危，毛遂不畏惧楚国的势力，在楚王面前沉着应对。他向楚王仔细剖析了当时的形势，利用楚国与秦国世代的深仇大恨，成功说服楚王与赵国订立合纵盟约。

毛遂在国家危难之际，勇于挺身而出，因此深受后人的景仰。而"毛遂自荐"这个成语，便成为自告奋勇、向人推举自己的写照。

图画知识

01
p.6

战国时期秦系文字中的"秦"字

据《战国古文字典》资料重绘。

03
pp.6-7

皮弁冠

弁，音同"变"。战国时期君王的头冠称为皮弁冠。冠用白鹿皮制成，且缝缀有五种不同颜色的宝石。据《新定三礼图》资料重绘。

02
p.7

组玉佩

为战国时期身份的表征，并具备君子的意象，以玉比君子德。参考湖北省江陵县纪城1号墓出土彩绘木俑，湖北省文物考古研究所藏。自制线绘图。

04
p.11

直裾深衣

战国时期常见的服装。直裾有长及足背的深衣，也有短衣。参考河北省易县武阳台乡高陌村出土青铜人，河北省文物研究所藏。

06
p.8

玄端冠

为战国时期官员常戴的头冠样式。据《新定三礼图》资料重绘。

05
p.8

曲裾深衣

为战国时期非常流行的服装样式，男女皆可穿着。参考湖南省长沙市子弹库楚墓出土人物御龙帛画，湖南省博物馆藏。

07
pp.8-9

矛

战国时期常用的兵器。参考湖北省枣阳市九连墩出土铜矛，湖北省博物馆藏。

08
pp.8-9

城门

参考战国时代的城郭都市图，据《战略战术兵器事典1：中国古代篇》资料重绘。

09
pp.8-9

战国时期晋系文字中的"邯郸"二字

古时城门题字顺序为由右至左。据《战国古文字典》资料重绘。

10
pp.8-9

竹简

为战国时期书写形式。参考战国竹书，上海博物馆藏。

11
pp.8-9

秦军发式和服装

参考陕西省西安市秦始皇帝陵出土步兵俑，秦始皇帝陵博物院藏。

12
pp.8-9

书案

参考湖北省随州市曾侯乙墓出土漆案，湖北省博物馆藏。自制线绘图。

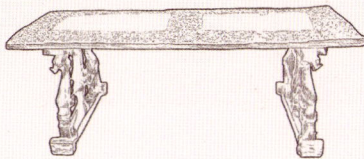

衣箱

13
pp.18-19

参考湖北省随州市曾侯乙墓出土彩绘二十八宿衣箱，湖北省博物馆藏。

14
p.16

锥子

参考四川省成都市马家乡出土铜锥，四川博物院藏。

15
pp.18-19

马车

为战国时期赵武灵王推行"胡服骑射"之前的重要交通工具。自赵武灵王始，骑马与乘马车为通用的交通方式。参考山东省淄博市临淄区淄河店 2 号墓 11 号车复原图，据《中国古代车舆马具》资料重绘。

16
pp.26-27

剑

参考河北省邯郸市百家村出土铜剑，邯郸市博物馆藏。

17
pp.28-29

屏风

为战国时期室内装潢常用的摆饰。参考湖北省江陵县天星观1号墓出土彩绘木雕双龙座屏，荆州博物馆藏。自制线绘图。

18
pp.28-29

席镇

当时人们室内活动为跪坐在席子上，为防铺席四角不平整，会用席镇放在席子的四角。参考湖北省枣阳市九连墩出土铜镇，湖北省博物馆藏。

19
p.32

商代服饰

以上衣下裳为主。参考河南省安阳市殷墟妇好墓出土商代玉人。自制线绘图。

20
p.36

方壶

为当时常用装酒或水的器物。参考镶嵌几何纹方壶，上海博物馆藏。

21
p.38

盘

参考变形交龙纹盘，上海博物馆藏。

佩剑

成语故事"毛遂自荐"中，毛遂握住剑把向楚考烈王步步逼近的场面，让人深深感受到毛遂的大无畏气势。佩剑，充分显示出毛遂的威风和严厉。

在战国时代，剑是用铜铸成的（图1），佩剑是一种身份象征。如同故事里所描绘的一样，佩剑，令佩剑者增加了威严和庄重。

图1　带鞘嵌绿松石铜剑
湖南长沙磨子山722号墓出土
湖南省博物馆藏
自制线绘图

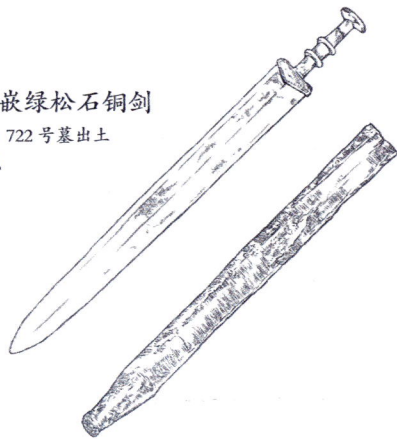

战国时代，剑也会被作为贵重的礼物，尤其是当剑上嵌有美丽的玉石，便更有价值了。后人把嵌有玉饰的剑，称为"玉具剑"（图2）。玉具剑是在剑与剑鞘上的四个部位嵌上玉石，作为装饰。这四部分的玉饰，分别称为首、镡（音同"谭"）、璏（音同"志"）与镖（音同"标"）（图3）。首（图4）是指嵌在剑柄顶端的圆片玉饰；镡是指嵌在剑柄与剑身连接处的玉饰；璏（图5）是指剑鞘中部的玉饰；镖（图6）则是剑鞘末端的玉饰。

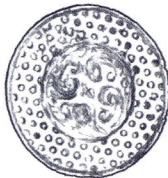

玉具剑

图2　玉具剑
河南省辉县赵固村出土
中国国家博物馆藏
自制线绘图

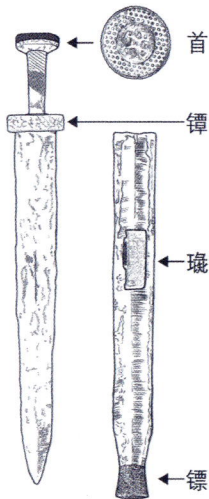

图3　玉具剑玉饰名称
首
镡
璏
镖

图4　玉剑首
河北省邯郸市出土
自制线绘图

图5　玉剑璏
河北省邯郸市出土
自制线绘图

图6　玉云纹镖
北京故宫博物院藏
自制线绘图

带钩

人们如何把剑佩带在身上，有不同的形式。有人直接把剑插在腰带里，或用革带穿过玉剑璏；也有人用带钩，把剑钩挂在腰带上。根据学者的推测，当时的人可能是将带钩的钩钮嵌在腰带上的一侧，让钩首侧向下方，钩挂住剑。请注意，带钩的实际用途是用来扣腰带的(图7)。

战国时期的带钩工艺发展非常完善，人们采用了玉、玛瑙、金、银、铜等不同材料来制作各式带钩，工艺细致精美(图8至图12)。

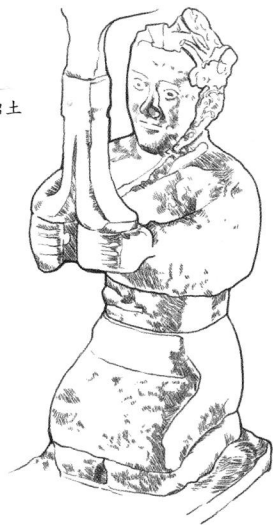

图7 踞坐人灯
河南省三门峡上村岭出土
河南博物院藏
自制线绘图

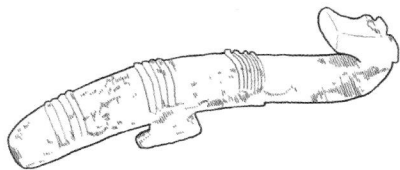

图8 马头形玉带钩
河北省邯郸市出土
自制线绘图

图9 红玛瑙带钩正面钩首和背面钩钮
河北省邯郸市出土
自制线绘图

图10 错金铜带钩
河北省邯郸市出土
自制线绘图

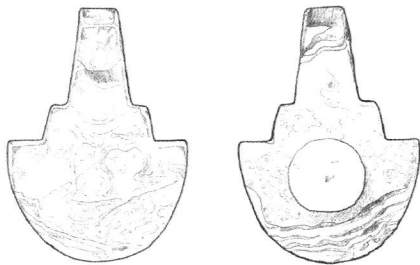

图11 蹲兽银带钩
河北省邯郸市出土
自制线绘图

图12 蟒形银带钩
河北省邯郸市出土
自制线绘图

1600 B.C.	1046 B.C.		771 B.C.			221 B.C.	206 B.C.	A.D. 25

商　　西周　　东周　　秦　西汉　东汉

春秋　476 B.C.　战国

476 B.C.	460 B.C.	440 B.C.	420 B.C.	400 B.C.	380 B.C.	360 B.C.
470 B.C.	450 B.C.	430 B.C.	410 B.C.	390 B.C.	370 B.C.	

周宗室

周元王元年 476 B.C.				周烈王 375 B.C.
	周贞定王 468 B.C.	周考王 440 B.C.	周威烈王 425 B.C.	周安王 401 B.C.

赵

赵桓子 424 B.C.

赵襄子 475 B.C.　赵献侯 423 B.C.　赵烈侯 408 B.C.　赵成侯 374

赵敬侯 386 B.C.

秦

秦灵公 424 B.C.

秦厉共公 476 B.C.　秦躁公 442 B.C.　秦简公 414 B.C.　秦惠公 399 B.C.　秦献公 384 B.C.

秦怀公 428 B.C.　秦出子 386 B.C.

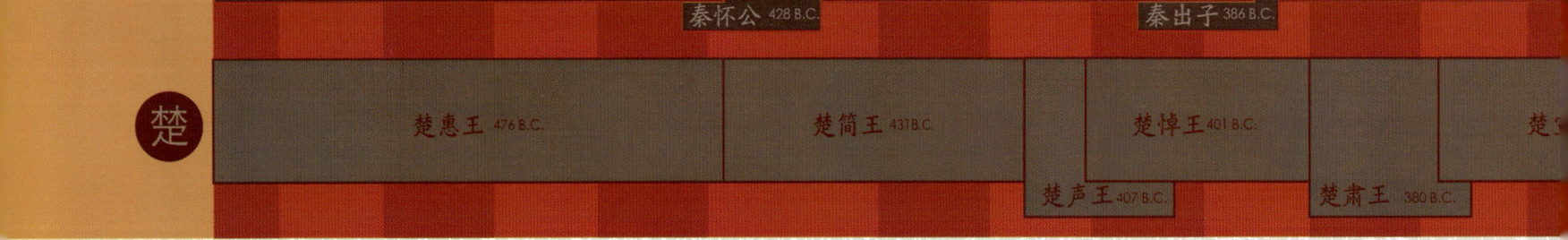

楚

楚惠王 476 B.C.　楚简王 431 B.C.　楚悼王 401 B.C.　楚

楚声王 407 B.C.　楚肃王 380 B.C.

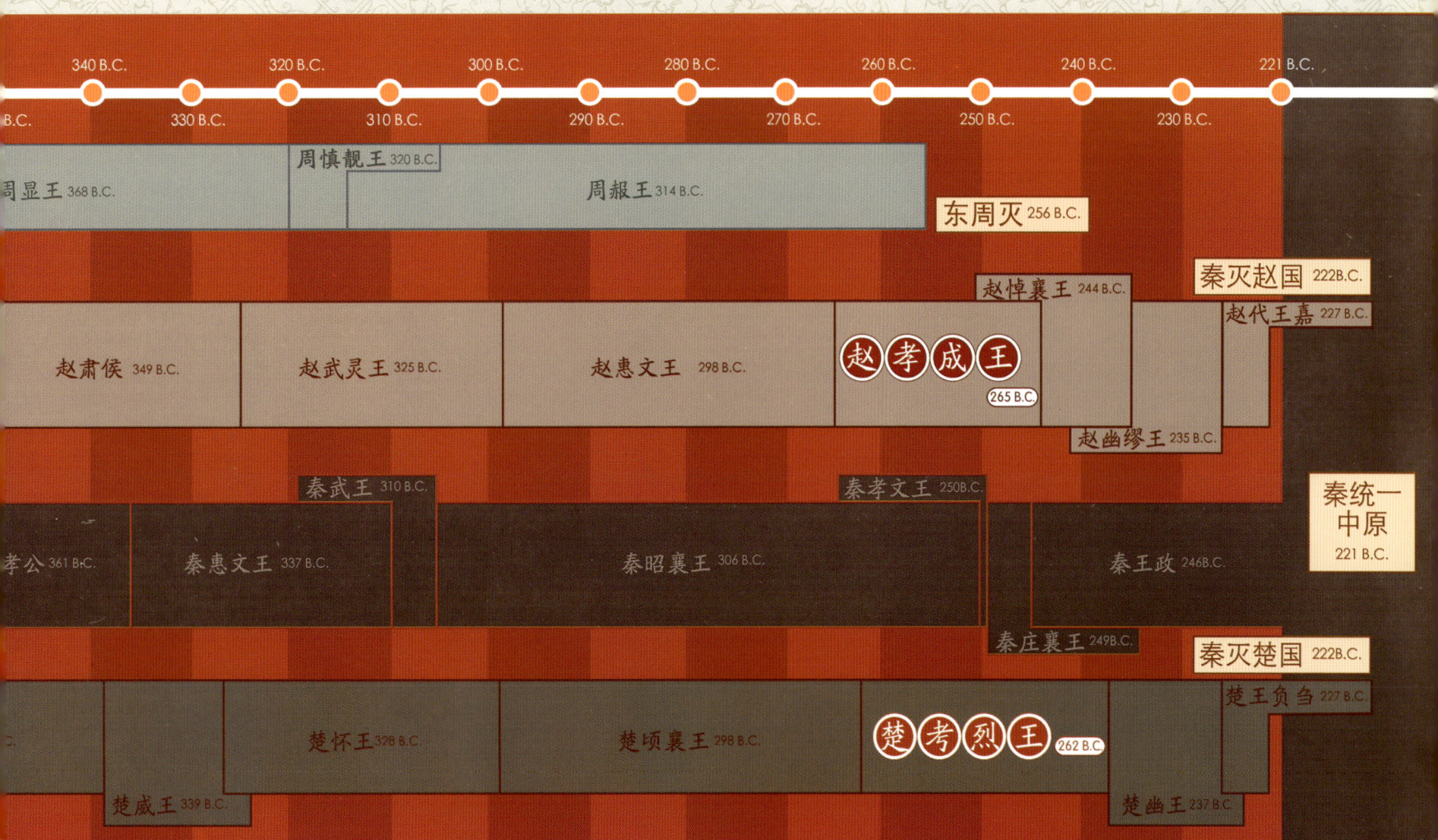

340 B.C.　　320 B.C.　　300 B.C.　　280 B.C.　　260 B.C.　　240 B.C.　　221 B.C.

B.C.　330 B.C.　310 B.C.　290 B.C.　270 B.C.　250 B.C.　230 B.C.

周慎靓王 320 B.C.

周显王 368 B.C.

周赧王 314 B.C.

东周灭 256 B.C.

秦灭赵国 222 B.C.

赵悼襄王 244 B.C.

赵代王嘉 227 B.C.

赵肃侯 349 B.C.

赵武灵王 325 B.C.

赵惠文王 298 B.C.

赵孝成王 265 B.C.

赵幽缪王 235 B.C.

秦武王 310 B.C.

秦孝文王 250 B.C.

孝公 361 B.C.

秦惠文王 337 B.C.

秦昭襄王 306 B.C.

秦王政 246 B.C.

秦统一中原 221 B.C.

秦庄襄王 249 B.C.

秦灭楚国 222 B.C.

楚王负刍 227 B.C.

楚怀王 328 B.C.

楚顷襄王 298 B.C.

楚考烈王 262 B.C.

楚威王 339 B.C.

楚幽王 237 B.C.

51

东 胡

东 海

图 例

国名	◯
国界	●●●●●
都城	◎
城市	○
山	▲
河流	〰
关隘	凸

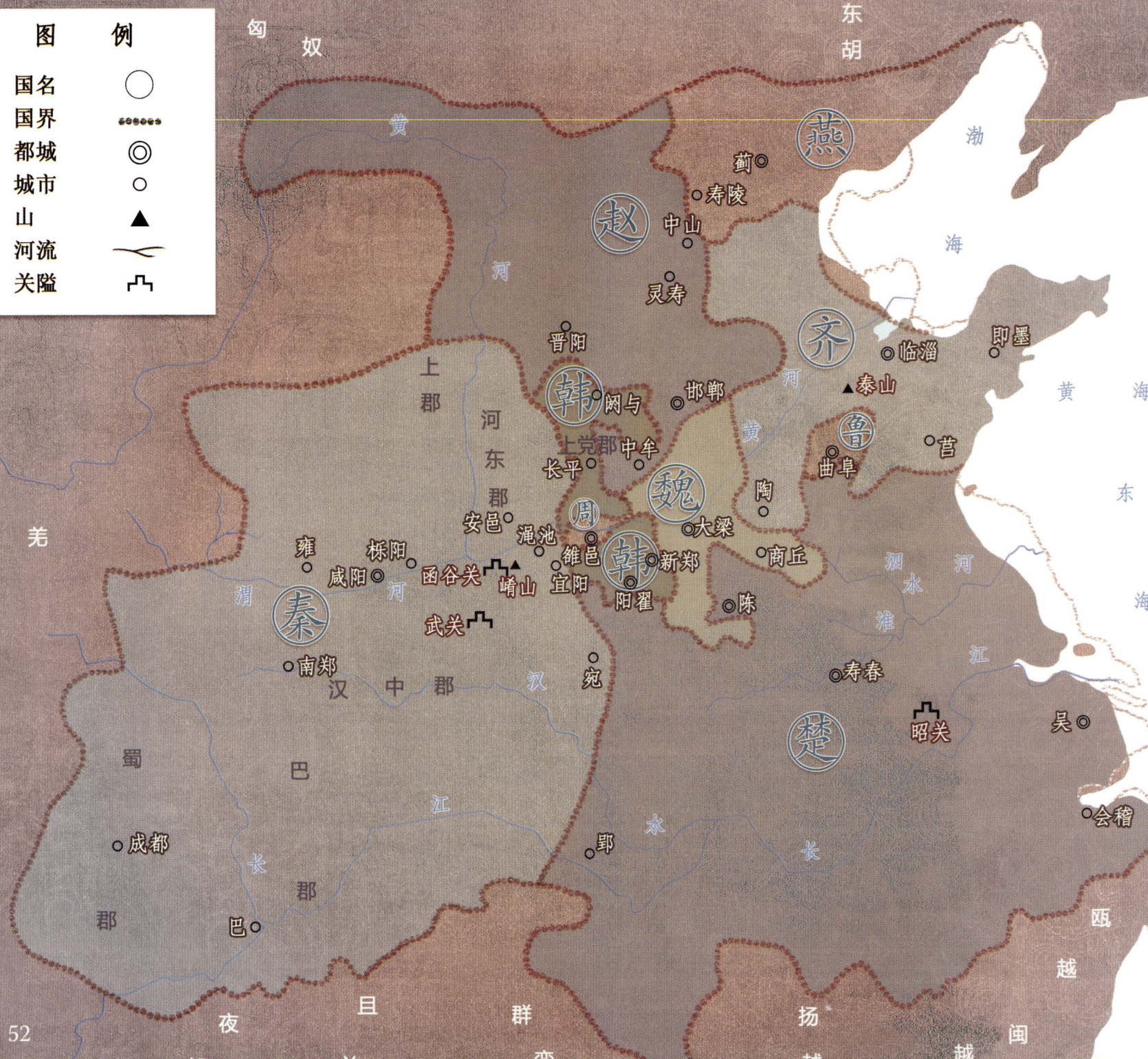

黄 河

燕

赵

蓟 ○
寿陵 ○
中山 ○
灵寿 ○

齐

临淄 ○
泰山 ▲
即墨 ○

晋阳 ○

韩
阏与 ○

邯郸 ○

上郡

河东郡

上党郡
中牟 ○
长平 ○

魏

黄 河

鲁
曲阜 ○

莒 ○

陶 ○

黄 海

安邑 ○
渑池 ○
雒邑 ○
宜阳 ○
大梁 ◎
商丘 ○

周

雍 ○
栎阳 ○
咸阳 ◎
函谷关 凸
崤山 ▲

韩
新郑 ○
阳翟 ◎

陈 ◎

泗水

河

渭 河

秦

武关 凸

南郑 ○

宛 ○

淮

江

羌

汉中郡

汉 水

寿春 ○

楚

昭关 凸

吴 ◎

蜀

巴郡

江

郢 ○

会稽 ○

成都 ○

巴郡

巴 ○

且

夜

郡

溪 水

长 江

群 蛮

扬 越

闽 越

瓯 越

52

参考书目

· 于志钧，《春秋战国剑器——华夏剑文化》，《力与美》124：64-67，2000。

· 王仁湘，《古代带钩用途考实》，《文物》10：75-81，1982。

· 沈从文，《中国古代服饰研究》，上海：上海书店，1997。

· 何琳仪，《战国古文字典》，北京：中华书局，1998。

· 桑田悦等著，张咏翔译，《战略战术兵器事典1：中国古代篇》，新北市：枫树林，2011。

· 高阳，《孔子塑像的服饰——兼谈春秋战国的"服剑"》，《艺坛》109：4-6，1977。

· 张临生，《带钩》，《故宫文物月刊》1（3）：4-11，1983。

· 傅举有，《中国古代的带钩艺术（上）》，《大观》34：61-67，2012。

· 杨宽，《战国史》，台北市：台湾商务印书馆，1997。

· 杨宽，《战国史料编年辑证》，台北市：台湾商务印书馆，2002。

· 刘永华，《中国古代车舆马具》，上海：上海辞书出版社，2002。

· 刘永华，《中国古代军戎服饰》，北京：清华大学出版社，2013。

· 邓淑苹，《玉剑饰》，《故宫文物月刊》1（8）：29-33，1983。

· 韩兆琦注译，《新译史记》，台北市：三民书局，2012。

· 〔宋〕聂崇义，《新定三礼图》，北京：中华书局，1992。

后记

　　我们现在处于一个知识琐碎、资讯泛滥的年代，如何引导青少年有兴趣、有系统地阅读既悠久又浩瀚的中华历史与文化，是我们在编写这套书前，一直在思考的问题。

　　我在博物馆界工作的四十多年经验中，尤其在故宫博物院工作期间，为年轻人设计及举办了不少活动与展览，深刻体会并发现这一代年轻人是在视觉影像环境中长大的。他们对图像、动画的喜爱与敏感，将是他们学习最直接、最有效的媒介。

　　于是我们决定将中华文化以故事形式、图画手法、有系统地编写出版。《图说中华文化故事》为此诞生。

　　本丛书力求做到言必有据，插图中的人物、场景、生活用器、年表、地图皆有严谨考证，希望呈现不同时期的历史、地理、时尚、生活艺术、礼仪与背后的文化内涵。第一套推出的是战国时期赵国的成语故事，共十本，并辅以导读，把赵国的盛衰、文化特质、关键战役、重要人物及艺术发展逐一介绍，以便把十个成语故事紧密扣合，统整串合成赵国的文化史。

　　《图说中华文化故事》希望让全球的青少年有机会认识中华文化丰富的内涵，进而学习到其中蕴含的智慧。这是我们团队编写这套书最大的期盼与目的。

　　最后，本丛书第一辑"战国成语与赵文化"所用出土文物照片，承蒙上海博物馆、秦始皇帝陵博物院、湖北省博物馆、湖南省博物馆、邯郸市博物馆、中国国家博物馆、襄阳市博物馆、河北省文物研究所、河南博物院、云南省博物馆、陕西历史博物馆、四川博物院、北京故宫博物院、鸿山遗址博物馆及北京大学赛克勒考古与艺术博物馆惠予授权使用，在此谨致谢忱。

周功鑫

2014 年 11 月于台北

主编简介

周功鑫教授，法国巴黎第四大学艺术史暨考古博士，现为辅仁大学博物馆学研究所讲座教授。曾任台北故宫博物院院长（2008.5—2012.7）、辅仁大学博物馆学研究所创所所长（2002—2008）。服务故宫及担任院长期间，曾创设各项教育推广活动与志工团队，并推动多项国际与两岸重量级展览与学术研讨活动，其中"山水合璧——黄公望与富春山居图特展"（2011），荣获英国伦敦 *Art Newspaper* 所评全球最佳展览第三名，及台北故宫被评为全球最受欢迎博物馆第七名。由于周教授在文化推动方面的卓越贡献，先后获法国文化部颁赠艺术与文化骑士勋章（1998）、教宗本笃十六世颁赠银牌勋章及奖状（2007）及法国总统颁赠荣誉军团勋章（2011）等殊荣。

书　　名　图说中华文化故事 8
　　　　　战国成语与赵文化　毛遂自荐

主　　编　周功鑫
原创制作　小皮球文创事业
艺术总监　纪柏舟
统　　筹　金宗权　许家豪

研究编辑　张永青　　　　　场景设计　魏起元
资讯管理　林敬恒　　　　　绘　　画　魏起元　王彩苹　周昀萱
撰　　文　张永青　　　　　锦地纹饰　刘富璁
人物设计　魏起元

出 版 人　陈　征
责任编辑　李　霞　毛静彦
印刷监制　周剑明　陈　淼

出　　版　上海世纪出版集团　上海文艺出版社
　　　　　200020　上海绍兴路 74 号
发　　行　上海世纪出版股份有限公司发行中心
　　　　　200001　上海福建中路 193 号　www.ewen.co
印　　刷　北京一鑫印务有限责任公司
版　　次　2015 年 11 月第 1 版　2019 年 3 月第 4 次印刷
规　　格　开本 889×1194　1/16　印张 3.5　插页 4　图文 56 面
国际书号　ISBN 978-7-5321-5932-1/J·411
定　　价　32.00 元

告读者　如发现本书有质量问题请与印刷厂质量科联系
T：010-61424266

图书在版编目（CIP）数据

毛遂自荐 / 周功鑫主编 .—上海：上海文艺出版
社，2015.11（2019.3 重印）
（图说中华文化故事 . 战国成语与赵文化）
ISBN 978-7-5321-5932-1

Ⅰ. ①毛… Ⅱ. ①周… Ⅲ. ①汉语—成语—故事
Ⅳ. ① H136.3

中国版本图书馆 CIP 数据核字（2015）第 238389 号